名づけ得ぬ馬

颯木あやこ

思潮社

名づけ得ぬ馬

颯木あやこ

思潮社

名づけ得ぬ馬

ぼくらを、豊富にしてくれる未知の条件があるということ以外、
何が、ぼくらにわかっているだろう?

——サン＝テグジュペリ『人間の土地』

1 銀細工

アトリエA

百合のために
柩をつくった
骨をもたないもののために

イ短調のために
墓を立てた
あふれてしまうもののために

胎児のために
黄泉をつくった

あおぞらの匂いをしらないもののために

魂のために
自転車をつくった
ちょうどよい距離を走れるように

私のために
手をつくった
摑み　また　放すために

刹那

砂漠に奔《はし》らせる馬群
絡まりあう文字のように

すぐさま逃げる
漆黒の脚
乱丁を残して

砂金

木陰で
花びらを脱いで
翼をはずした

冬の悲しみは直立する

いくつもの惑星が
手紙のことばのように　砂金を降らせては
軌道に戻ってゆく

語りかけるものは
かならず去りゆき

わたしのからだは　ことばに濡れた手紙
とても　とても遠い星のことばで　埋めつくされている

わたしが泣いているのではない、
時間が泣いている

秋　月は弾け
ざわざわ生まれる　ギンヤンマ

最期のピアノを　鳴らす少女の
譜読みを惑わせ
ソナタは狂って

旋回する白鳥の群れが描く
おおきな疑問符
永遠は　なぜ　青い？

ある喜び

静寂が要る

ひとつの真鍮の椅子がたちあらわれて
やわらかなからだを受けとめるためには

音のない稲光が
椅子を輝かせ
わたしのからだに放電し
斑点だらけの腐肉に変えるには

手だけは生き延びる
腐肉をむしり取っては
十字の傷もつ子どもたちに
分け与える

真鍮の椅子は　すべてそのふるまいを支え
からだが失われていくほどに明るさを増す空間の
朽ちない台座となる

やがて　手は
椅子までも拒んで
静寂をミルクのように飲み干し
ふくよかになる

銀

銀は　ここから
射抜かれた背中から
氷雨のように飛沫くもの
東の水平線　煌めいても
太陽はなく

さむいよ
つめたいよ

ふかい雪
目を閉じ
沈黙のなかに
凜　と芽生える万年筆

わたしは書き留めた、

星々　うすらぐころの
銀狐の夢精を

二番手につけた
俊足のランナーに
コマドリが与えるカデンツァを

布告。「すべての銀を集めよ」

銀は
そして大きな皿となり
熟れた惑星を支え

天翔る大犬の
テーブルに供される

大犬は　さいごに
腐食した
銀細工の瞳に喰らいつく

観覧車とDavidともう一人

乳房とペニスのある
David
灯台から
花粉を撒いて

すべての春　唱和

錆びた観覧車は
さいごの回転を終える

おもいおもいの表情《かお》で
降りてくる人たち

観覧車が　雪のように溶けてゆく

私の内は　がらんどう
底には
透けた花が　群生して

それを摘みとるのにふさわしい人を探していた。観覧車から降りた人たちを注意ぶかく見つめる。ブリキの冠をかぶった元王様――花にはからきし興味がなかった。心臓の歯車が見えるほど皮フのうすい少年――何に触れても出血してしまうのだった。会話の代わりにレスタチーヴォを歌う寡婦――花を愛しすぎて引き裂いてしまうのでだめだった。

きっと
岬のむこうに　隠れている

オーシャン・ブルーの髪の
やさしい裏声の

＊

David は
母さんや　弟に似て
傷つきやすい

だから
北の海から生まれた岬の人を　匿い
海綿のようなその肌を
ときどき　痛覚のはげしくなる指先に
あてがって

なお　花粉を撒く

David と彼とのあいだに流れていたもの、それは束の間あたたかくなる海流だった。夕暮れ時、肩を寄せあうと、海は思いのほか穏やかで、ほとんど沈黙することがある。静けさは、ほんのしばらくのうたた寝を彼らに許すばかりだったけれど。覚めれば、また指先に火や氷が触れて、David は彼にすがっては、短い春のために身をやつすのだったけれど。

春のつぎに　また　冬がくる
そんな年に
私は信じた
ふたりを　同時に

2 合鍵

耳鳴り

永い汽笛が鳴る
耳の奥

わたしは　海を探している

見て、
この胸をまっすぐ貫く
竜骨

三度　抱かれ

三度　溺れ
三度　沈んだが

そのたび
わたしのからだは　船へと進化
ついに　まっ白な帆が生え　金の竜骨が張りだした

波が逆巻く　あなたの心
しずけさ　横たわる　あなたのからだ
ふかく冷たく青い　あなたの思想
ああ
ときに温かな海流が　わたしを抱いて放さない

ひたひたと
あなたが近寄る夜には
汽笛が一層　鳴り響く

ディープ

溺れてなどいない

全身　深い水に絡まっているのに
瞳は　前髪の陰で冴えて

見ている、
αからΩを
黒から透明を
沈黙から叫び　そしてまた共にある沈黙を

寝息
畝のようなあなたの水平線に
私はふたたび潜る

ふたりで彫り上げた
死の唇が　吐きつづける泡のほか
何ひとつ　見えなくてもよかった

ひかりの中で　眠る
朝は　私たちのまわりを何周もするだろう

すっかり乾いて
挨拶がわりにスプーンですくう
卵の中心が
ことごとくメッキだなんて！

深い水に降りていくのは　いつも夜

乾かさないで

二度と　乾かさないで

ドルフィン

修道僧は　土を耕す
つめたい汗を　苗にふりかけて

子どもたち、
ケサラン・パサランを追いかけて
どこまでも昇ってゆく子どもたち！

甕《かめ》の底には　星々がひしめき
大勢いることの哀しみ　洩れ
指を　苦い雫でぬらす

（たった一つの星を　ことさらに愛せば　宇宙は美しく歪むのに）

＊

宇宙は美しく歪むのに！
わたしは宇宙を犠牲にして　愛されたい
わたしはわたしを犠牲にして　愛したい

森　薔薇苑
夜景も　天の川のほとばしりも
すべて　わたしに求愛すれば
暗黒物質は螺旋のようにねじれて　嫉妬する

たった一人のあなたの前に　わたし　身を横たえる
白いイルカ
なまめかしく　智慧により憂愁がただよい
それでいて　愚かなほどの優しさ

とびきりのイルカになって
あなたを抱き
あなたに砕かれ
あなたのマグマの中心に飛びこんで
まばたき一つ　手紙一枚　残さない

あなたはなぜわたしを砕くのか、と訊ねることさえない

部屋

湖面は砕かれると
虹が呻く

白鳥が撃たれると
筏はみな沈む

あなたが抱いて
大勢のわたしは　散り散りのしゃぼん

わたしが憎めば

たった一人のあなたは　ふるえる耳小骨

地には
宇宙の眼にむかって
いっせいに呼ばわる唇が咲きそろう

　貸してください、ちいさな部屋ひとつ
　超新星爆発も　天体衝突も　終わらせて

片隅にうずくまる
痛い、プランクトン

部屋は　やさしさです

未完の冬

冬なのね　私

鎖骨から
ひとひら　ふたひら
雪　剝がれて

手は　枯れ花
ひらききって

冬なのね　私

死んだという噂はほんとうか、とその朝私は鏡の中の自分に訊ねた　鏡のむこうの積雪は
こちらより幾分多い　真実を聞いたところで私の裡に信仰があるかどうかは分からないの
だった

ひとひら　ふたひら

静脈すべて
冬なのね

＊

なにも持たずに僕のところへおいで

（雲が割れる）

だれなの？

思い出させてくれないの？

僕はずっと園丁だから
ここで如雨露をかたむけているよ
雲海はとても荒んでいる
花を待ち望んでいるんだ

私は手を掲げる
おおきく振る
白樺のように剝きだしの鎖骨はもろく

捧げるものは
雪
　雪
　　祈り

冬の刑

雪の楔が　わたしを
礫にする

あかい眼で　ねらっているのは
星の谷からきた獣
あしさきは星屑で濡れている

飛びかかれば
閃光　穿ち
わたしの鳩尾から　どろり　溢れる
未解決の夜

だれでもよかった。

抱きあえるなら
憎めるなら

伝い落ちる自白は
ブリザードに惑わされた虚構だ

(君しかいなかった、

導火線をゆだね
血の貸し借りをするほどの人は

君の噛み痕が　今でも　わたしの生体認証

獣はそれ以上
わたしを襲わず
最果てのてんびんに
置き去りにした

今

私もう待たないわ
つなぐ手がなくても
崕に立つわ

女詩人たち
鳩尾から
あかい嘴が生え
アンドロイドの骨肉をほぐして
甘いところだけついばんでいる

でも
彼女たち
目隠しをして　後ろ向きに歩いている

知らないのね、
つまずきたおれて
神話五冊分の記憶《メモリー》を喪うって
知らないのね

私もう待たないわ
翼与えられなくても
空に溶けるわ

男詩人たち
レンズきらめく夜も
翅や星　数えること忘れて

せかいの骨組ばかり取り替えている
（構造！　なんて素敵な響き）

そう
彼ら
山頂しか目指さない

気づかないのね、
ふりかえれば
雷鳥がまっ白に変わる瞬間なのに
気づかないのね

私　女だったかしら、男だったかしら
どちらだとしても　どちらでもなくても
もう待たないわ
名づけられなくても

銀河へと昇る駿馬を放つわ
直線を　終わりまで愛するわ
烈しいひかりの呪文唱えて　星々を射抜くわ

3 旅行鞄

ラスト・ジャーニー

地下鉄車両は濡れていた
六月　死者も生者も心残り
かき消える前に　露をむすぶ

死の匂いのするひとを
好いてしまうから
悲しむのは　さだめ

二人分の荷物　抱えて

わたしはゆくのだ

地下鉄はきっと
草原も砂漠も通りぬけ
上空には　銀の輪がいくつも重なり
レモンが鈴生り　あたりを照らしている

そんな美しいところに行かないで

そんなにやわらかくならないで
あなたじゃないみたい
にぎれば　いつも　硝子のような手をしていたのに

地下鉄は　それ以上　地中を貫かない

あぶくのように　土の上に浮かび出て

空回りする車輪に
追憶をからめとっている

――映画『岸辺の旅』を観て――

追憶

翼は黒鉄
背《せな》が砕ける

わたしは　太古の唇から飛び立った言葉だから
喩えにすぎず
生き永らえた嘘なのかもしれない
唇は　熱帯雨林に隠されていて
禁じられた歌で溢れているから

狩人にねらわれ
じきに血を流すだろう

わたしは
忘却に溶けてゆく君に
重い翼うごかして
さいごの輪郭を届けにゆこう

六月の地図

はじめの雨が斜線を引く

たちまち　ならぶ樹木
森林は　咆哮

よばれても
肺の奥で難破した船には　耳がないから
わたしは　生まれた土地で　行方不明
翼ほど　卑怯な道具はないね

つまずくたび
土塊をつかむきみの白い手こそ　旗印
いつも獣道へと進ませる

わたしの足元を中心に
地図は破れて
海　溢れ

昏い目　崩れる半身
ひとりでは生きられない姿で
マナティの胎にもぐり
たゆたいつづけようか

零地点は　遠浅で溺れる始祖鳥の　翼のつけ根から摘みとれ

きみは土塊で
わたしの踵をつくり
海に沈め
マナティの哀しみの火をくべる
踵は飛び散り　あたらしい時代の肉片が　陸地でせめぎあう

町が　できる、

北からの馬

ひと夏、わたしは馬具を集めていた。風の中にしか走る馬は見えないのに、凪いだら斃《たお》れるほかないのに。

風を呼ぶためいつも丘から北を望み、最北端のガラス工房にいる会ったことのない兄を想う。馬はときおり兄を乗せてやってくる。でも兄の眸はガラス玉で、ちいさな雲ばかり浮かべていて、わたしの姿を認めないのだった。

またあるときには馬はだれも乗せていなかった。わたしはまだ革の薫り立つ鞍を馬の背に装着し、跨って北へ向かう。すぐに海岸線に出て、結局そこまでだった。凪、馬は泡を噴いて斃れ、泡の中に消えて、わたしはとぼとぼと家路につく。

家のまわりでは轟轟と緑の氾濫。緑が杯に溢れる。あおったら、わたしは負けてしまうだろう。酩酊し、一昼夜馬群のまぼろしを見て、崖っぷちで躍り上がり、北に流れ着くことだけを念じて溺死に甘んじるだろう。

馬具が散らばる、わたしを取り囲んで。

ユダと逢う

夜
桃が剝けていく　夜
横断歩道を　豹が跳ぶ　夜
赤ん坊が　四方から匍匐前進してくる　夜
夜は真水のように満ち
すべてを蠢かせる

背中に三つの目が開く、　闇を切り裂いて
生まれる前の光が
のたうち喘いでいるのを　目撃する
目は怯えて　ふたたび閉じ
うちがわを向いて
腎臓の陰で　ユダと逢う

わたしは夜の内に
橋をいくつも壊し
終電車に乗って最果ての駅へ向かう

蛙の大群が降りそそぎ
ひたいに　落ちる
（雲の上にあがったひとの喉が　割れたのだ）

だがもう帰れない

蛙を降らす
喉の粘膜が
桃色に剝けているのは
祈り　呪い
あるいは　女への愛のためか

――ジャズ「チュニジアの夜」を聴いて――

リバイバル

墓を奪うか
死者たちから

わたしたちの骨は　悲しみぬいて
ますます澄み
透かせば　未来がみえる

高速列車に記憶は連れ去られ
ちぎられた　朝陽
息　砕け

こどもたちにはセルロイド製の翅　生えている

森ふかくで打つ心臓は　鬱病を患っていた、
海の小指の爪もひろった（脆かった）、
砂漠では　時計を失い　蠍の交尾を一日眺めた、
アーケード街では
ポリ袋入りの　やさしさが売られていて
欲しくてたまらなかった、

よみがえるための
場所を
長く死んでいる者たちから
奪い返せ

墓場に降りろ
土を被れ

たっぷり
被れ

バクテリアの洗礼
深い眠りのあと
また生まれ
出逢い
土香る唇にくちづけよ

薔薇と面影

秋の薔薇！

その棘の毒はすでにわたしたちを巡り、熱病・哲学めいた青い思索・アウラ・雷のように騒ぐ記憶・セピアに染まっていく思慕・孤独な未来……等々を遺伝子に書き込み、わたしたちを痛ましい存在にさせているのだが、その深い色合いを見るだけでも、わたしたちは生きていることを強く思い出すのだ。

もうすぐだ、秋の薔薇の陰で男女が刺し違える。魂を量る天秤が狂ったばかりに。花びらの色がこっくり深くなるころ、少年は苛まれる、終わりのない黒色恐怖症。

現実を凌いでいく物語は、生命線がわずかに伸びる夜、あなたが夢見るほかはない。薔薇の棘の掻き傷が発端で、生命線が成長をつづけるあなたは、新生児を内包する壮年者だからだ。あなたは老いていく、あなたの中の新生児はぴちぴちと弾力を漲らせる。その矛盾を孕んでこれ以上ないほど哀しい面影は、秋の薔薇とよく釣り合う。きっとどこかに青空が湧きでる泉をみつけるだろう。あなたは果てまで飛行して、男女や少年と乗り合わせ、狂気や恐怖症のただ中で、すきとおっていく瞳に出会い、ひかりに追いつく。

4　麦わら帽子

太陽葬

太陽の中は　犬と盗賊の死体でいっぱいだ

ときおり
太陽の正面に門がひらく

あらゆる嵐　吸いこまれる
雪深い回廊のつづいているのが　見える

そして悪臭が洩れる
つらい真夏がやってくる

天の魚

きみは　悪魔みたいな透きとおった指をそろえて
魚を一匹（まだ息がある）、
差しだす

――鈴はね、

きみは云った

つよい毒性があるんだ。願いを果たせずに天に還った者たちの、肋骨と肋骨のあいだに凝った鈴だからね。彼らは眠りにつくために、胸を疼かせるこれを取り除いて、天の井戸に落とす。底には稚魚が飢えていて、丸呑みする。この魚を食して、あやまって鈴まで呑みこむと、猛烈な熱禱に囚われてしまう。日がな祈りつづけて、両目は天を仰いだまま、手元も足下も二度と顧みられなくなる。でも、その祈りの調べがこの鈴の音のように妙なるものなので、だれも止めようとしないんだよ。その内、他の音は何ひとつ聴こえなくなる。お告げがあっても気づかないから、祈りが叶えられても知ることさえできないんだ。それで、永遠に祈りは止まない。祈りがつづいている世界、美しいと思うかい？　それとも、祈りというものはいつか終わるべき歌だ、そう考えるかい？

わたしは　天の魚の大群をよぼう
翡翠のめだま
ライムグリーンのきらめく鱗
葉脈の入った翼
曇天は　かがやく芝生よりもあかるくなり
鈴は大音響の雷鳴
稲妻がつぎつぎ走って
天使と悪魔がまぐわい

きみとわたしが何度も生まれるだろう
みんな透きとおった手指を組み
祈りと歌は　絶望のように巡るだろう

ポジションX

太陽よ

私を見つめるときには
振り返らなければならない

ここだ　私は
ずっと裏側の森にいる
びっしょり　霧にぬれながら
火箸を研いでいる

太陽よ

振り返れば
影法師を五つも率いている
この姿に驚くだろう
どれも怒りの分裂だ

影法師の脈拍を　拾い集める
危険きわまりない魔法には
火箸がいる

脈拍ひとつなだめるのに
森全体が燃やされる

裏側に
私は　裏側にいる

森は
光合成も　あきらめて

献呈

贈りつづける空がある

鳥たちの殺戮
くずれる飛行機雲
蔓のばす青い鉄線
あらゆるものを織り込んで

手放してゆく風がある

薄荷の香り

打ちつける雹
短調のしらべ
ほどいて

わたしは渦
空や風
あふれさせ
海深く　消えてゆく

あなたは
空を翔けめぐるがいい
風を率いて
たてがみを輝かせるがいい

太陽を蹴れ
蹄の刻印　残し

海底に沈めろ

与えて失い　なお豊饒であるために
仰ぎ見る者たちは
むなしくなった胸に
授けられたメダル
濡れた太陽を抱き

失ったもの　皆々　寿ぐ

506号室

わたしは　まあたらしいあなたを飲んだ
飲んだ

未来からおしよせる
おびただしい魚の遡上
赤くかがやく卵を
つぎつぎ　脳裏に生みつけてゆく

*

わたしは　親しいあなたを吸った

吸った
煙と　いかがわしい薬のにおい
病んだ肺と肉

共に歩けば
眩暈　躓《つまず》き　背徳　超越　愉悦　裏切り

＊

《野良犬が舌を垂らして　現場をうろつく》

＊

わたしは　死んだあなたを食べた
食べた

苦くて吐き出し

もういちど丸めて
呑みこみ

ちいさな白い墓になった

墓の内部は　果てない空

あなたは　コウモリの翼をつけて
わたしの中をはばたいている

ある問答

――どんな傷が刻まれた？

背中に、
羽が根こそぎもがれたあとには
黒い三日月

瞳に、
愛する者が焼かれる炎をみつめたあとには
太陽の黒点

――傷から　何色の血が流れた？

空の喉から絞った　青
レクイエム　ただよわせ

ブロンズの雫
破裂音　放ち

――何が赦された？

何も。
堕ちたいのちすべて　草原の草になって揺れている

叫び。
あらゆる悲しみの破れ目から洩れるひかり

——そして傷から　何が生えた？
白樺。空の裾かざりには届く
視界をしずかに閉じてゆく蔦

フェルマータ

廃墟から　廃墟へと
虹

おとずれ

湖面を渡って
霧をぬけて
黒い毛並みかがやかせ
きたのだね、
名づけ得ぬ馬

わたしは　馬に呼びかけるすべなく
蜘蛛の糸を爪弾き
つめたい泉を掬ってはこぼす

きたのだね、
名づけ得ぬ　夏の日

窓はまばたき　兆し捉え
いちばん伸びた向日葵に　一礼するひとびと
すべての耳たぶは　鈴
蜉蝣が　ゆめから色彩を吸って生きはじめる

知っているよ、
その背中にまたがって疾走すれば
累々　乙女の屍あふれる谷で　颪に斬られる日もある
谷底には　ただ　ことばにならない雫が
はりつめているだけということ

名づけ得ぬ馬が
まなざし熱く

わたしの真向かいに立つとき
わたし全体を　駆け抜けてゆく蹄がある

3 旅行鞄

4 麦わら帽子

目　次

名づける――すなわち分ける、別れるしぐさ……、それは、距離と、発語する主体の孤独とを生むが、瞬時に再び出会いなおす機でもあり、名をまとってあたらしい耀きを放っているものと対面し、呼び寄せ、愛着と敬意をもって触れなおすこと

*

名づけられて、在るものは、凜として美しい　けれども時空の占有は排除の残酷を裏に秘めている　息づくことは、すべて赦しのうちにある　肯定と否定が融け合う場所が赦しであり（そんな場所を創りなおそうと、詩はうごめく）、そこでは、生きているだけで、祈りまた踊りとなる

颯木あやこ（さつき　あやこ）

旧西ドイツ・ベルリン生まれ　神奈川県在住
上智大学文学部社会福祉学科卒業

詩集
『やさしい窓口』（土曜美術社出版販売、二〇〇九）
『うす青い器は傾く』（思潮社、二〇一二）
『七番目の鉱石』（思潮社、二〇一五、第二十六回日本詩人クラブ新人賞）

「歴程」同人

名《な》づけ得《え》ぬ馬《うま》

著　者　颯木《さつき》あやこ
装　幀　北澤眞人
発行者　小田久郎
発行所　株式会社思潮社
〒一六二―〇八四二　東京都新宿区市谷砂土原町三―十五
電話〇三（五八〇五）七五〇一（営業）
　〇三（三二六七）八一四一（編集）
印刷所　創栄図書印刷株式会社
発行日　二〇二一年四月九日